혼자산다
재미있다

혼자산다
재미있다

김지연 쓰고 그리다

마음세상

어떤 이는 일생동안 사랑을 하고
어떤 이는 일생동안 이별을 한다.
어떤 이는 매번 싸움을 하고
어떤 이는 매번 화해를 한다.
어떤 이는 매번 실패를 하고
어떤 이는 매번 도전을 한다.

똑같은 상황에서도
누군가는 지치고
누군가는 더 힘차게 달리는 수 있는 것은
바로 이 차이 때문이다.

그냥 혼자

누군가와 함께 한다면 왠지 마음이 놓인다. 하지만 혼자가 되면 어쩔 수 없이 불안해진다. 일단 다른 사람들이 나를 혼자라고 생각하게 되는 시선이 불편하다. 무시당할 것 같기 때문이다.

하지만 누군가와 함께 한다고 해서 반드시 편안해지거나 행복해지는 것은 아니다. 놀랍게도 혼자일 때 사람은 가장 편안하고 행복을 누릴 수 있다.

혼자가 되기 싫어서 어떻게든 사람을 곁에 붙잡아둘 때가 있다. 혼자 밥 먹기 싫어서, 혼자 놀기 싫어서, 혼자 일하기 싫어서 누군가를 좋아하지도 않으면서 곁에 붙잡아둔다. 꼭 하고 싶은 것이라도 혼자 해야 한다면 포기하기도 한다.

그러나 혼자일 수 있는 용기가 없는 사람은 누군가를 진정으로 사랑하기가 어렵다. 혼자가 되기 싫어서 때로는 자신의 마음을 왜곡하기도 한다. 그래서 진짜로 원하는 것에서 점점 멀어진다. 늘 상처 받을 것을 두려워하고, 자신감이 떨어지고, 내 의지와

무관한 다른 사람들의 생각에 휘둘리기도 한다.

혼자 산다는 것은 그런 것이다. 곁의 사람들을 아껴주고 나 자신을 사랑하는 것이다.

진짜 혼자가 될 수 있다면 외롭지 않다.

무엇보다 인생에 제대로 집중할 수 있다.

진짜 혼자가 될 수 있을 때 누군가를 진심으로 사랑할 수 있다. 이별을 두려워하지 않을 수 있다.

기꺼이 혼자가 될 수 있는 것. 그건 정말 멋진 일이다.

김지연

콘텐츠

콘텐츠

네가 행복해졌다

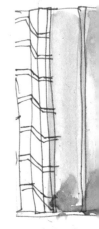

그저
너의 말을 들어줬을 뿐인데
네게 필요한 것을 알았을 뿐인데
네가 즐거워졌다.
네가 행복해졌다.

이제 알았다.
너의 사소한 말을 놓치고
네가 원하는 것을 외면할 때
그저 내가 원하는 것만을 강요할 때
너의 미소가 사라진다는 것을.

네가 가장 힘들고 고달플 때는 내가
네가 왜 우는지
이유 조차 모를 때라는 것을.

당신이 좋은 이유는
나와 비슷하기 때문

스스로 잘났다고 생각하는 사람은

다른 사람에게 상처와 손해를 주고도

별로 미안해하지 않고

누군가의 진심을 헤아리거나 마음에 담지 않는다.

스스로 가진 것이 많다고 생각하는 사람은

누군가를 떠내보내고도 눈물을 흘리지 않는다.

아쉬워하지 않는다.

자만심은 무수한 허수의 기회를 만들기 때문이다.

누군가와 헤어지고 진심으로 슬퍼할 수 있을 때는

나와 형편이 같은 사람,

누군가에게 상처를 주고도

미안함을 느낄 수 있는 사람은 나와 비슷한 사람이다.

마음이 편안하다

지금 마음이 편한 것은
불필요한 것을
욕심내지 않기 때문이다.

나를 먼저 사랑하기

불행하다고 느꼈던 건
그 사람이 나를 사랑하지 않았기 때문이 아니다.

내가 나를 사랑하지 않았기 때문이다.

그런데 그 사람의 탓을 하니 헤어질 수밖에.

내가 나를 사랑하고 나니
그 사람이 없어도 행복이 왔다.

내가 나를 사랑하지 않는다면
내가 나를 버리고
마음이 어지러울 때
그 누구의 품도 찾지 마라.

진짜 이별은 조금도 아프지 않다

예전에는 헤어지는 것이 이별인 줄 알았다.

만나지 않고 연락하지 않으면

그게 이별이라고 생각했다.

하지만 살다가 가끔씩 생각나고

보고 싶을 때면

어쩌면 그 이별은 가짜일지도 모른다고

생각하게 되었다.

진짜 이별은 내 머릿속에서

그 사람을 완전히 지우는 것이었다.

이 세상에 가득한 가짜이별

가짜이별이 하는 일은

그 사람이 나를 생각하는 걸

내가 그 사람을 생각하는 걸

서로 모르게 하는 것.

가짜 이별은 많이 아프지만

진짜 이별은 조금도 아프지 않은 것.

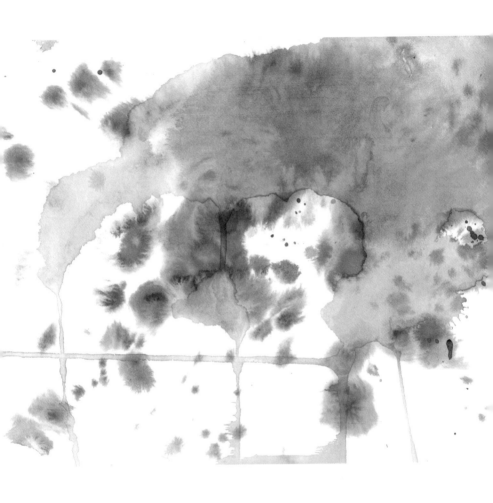

좋다

길을 가다가 아름다운 꽃을 보았다.
꽃이 지지도 않았는데
산책이 끝나기도 전에
꽃은 머릿속에서 사라져버렸다.
아름답기만 한 것들은
이내 사라진다.

아프고
괴로운 것들일수록
오래 남는다.

걷고 싶은 날

그냥 걷고 싶은 날이 있어요
보고 싶은 사람
그리운 사람을
마음껏 생각하기 위해서지요

사는 법

가장 좋은 방법은
가장 잘할 수 있는 일을 한다.
만일 그럴 수 없다면
좋아하는 일을 한다.
만일 그럴 수 없다면
웃으며 할 수 있는 일을 한다.
만일 그럴 수 없다면
안하면 안 되는 일을 한다.

가장 불행한 것은
일에 쫓기는 것이다.
그리고 가장 행복한 것은
일이 나의 인생을 쫓아오는 것이다.

꽃길만 걸어서는
행복이 무엇인지 알 수 없다

꽃길만 걸어선

행복이 무엇인지 알 수 없어요.

그러니 지금 힘들다고

주저 앉아 울지 말아요

기분 좋은 날

아쉽게 헤어질 때도

손 흔들며

웃으면

기분 좋은 이별이 된다.

사랑은 원래 그런 것이다

정말 오랜 세월을 함께 있으면서
어느 날 갑자기 도망가고 싶은 것

열렬히 사랑했는데 갑자기 다른 사람이 좋아지는 것
어제까지 다정했는데 오늘 연락이 되지 않는 것

잘해주는데도 싫어지는 것
구박하는데도 집착하는 것
매달리면 싫어지는 것

먼저 좋아했지만
그 사람의 마음을 갖고 나면
싫증나는 것

별로 좋아하지 않았지만
막상 떠나보내고나면 그리워지는 것

이런 것들로
상처받았다고
다시 사랑하지 않겠다고
생각하는 건
언제나 스스로에게 하는
거짓말.

사랑은 원래 그런 것이다.

사랑하라

나 자신을 미워하면서도
받아들여야할 땐
주위 사람들을 괴롭히고

나 자신을 사랑할 때
비로소
주위 사람들에게도
진심어린 미소를 지을 수 있다.

내 마음이 불행하면서
존재할 수 있는 행복은 없다.

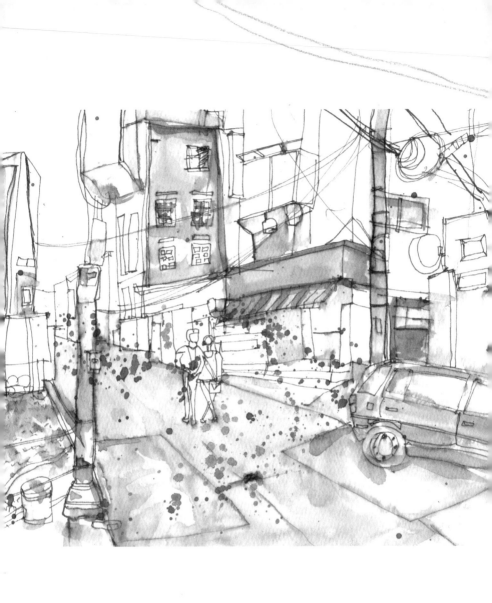

병든 사랑

누군가를 좋아하면서
또다른 누군가가 상처 받고
좋아했던 사람도 행복하지 못하고
나 자신의 마음도 다 채워지지 않는다면
그건 내 사랑이 병들었기 때문입니다.
병든 사랑은 어떻게든 삶을 망치게 합니다.

하지만 누군가로부터
병든 사랑을 받으면 결코 행복해질 수 없지만
그것에 더욱 갈증을 느끼고 매달리게 됩니다.
그래서 뿌리치기가 힘듭니다.

병든 사랑일수록 편한 이유는
순간순간 이기심이 채워지기 때문입니다.

병든 사랑은 주변에 많습니다.
헤어져놓고 보고 싶을 때만 툭툭 연락하다가

흐지부지 멀어지는 사람

모욕하는 사람에게 무작정 매달리는 사람

잘하는 것도 없는데 맹목적인 사랑을 받는 자식

어느 한 자식만 편애하는 부모

고생해서 키운 자식이 배우자를 좋아할까봐 간섭하는 부모

사람은 때로 자기 자신에게도

병든 사랑을 하기도 합니다.

병든 사랑을 하는 이유는

상대가 매력적이기 때문이 아니라

내 마음 속의 고통

상처 때문입니다.

어떻게 참을 것인가

잘 참으면 그보다 좋은 것이 없지만
참는다고 다 능사는 아니다.

예를 들면
힘이 없어서 참으려고 하지 마라.
원하는 것을 얻기 위해 참으려고 노력하라.

외로운 사람

끊임없이 외로운 사람은
누군가에게 버림받아서 외로운 것이 아니라
늘 누군가를 버리기 때문이다.

외로운 사람이 유혹하면
사랑받을 것 같지만
현실은
그 외로움만 옮는다.

최고의 사랑

사랑은
아무것도 가진 것이 없을 때
모든 것을 주고 싶은 것이다.

욕망

배신하게 만드는 힘은
욕망에서 나온다.

처음으로 돌아갈 수 없다면
그대가 저지른 것이
욕망이기 때문이다.

대개 사랑을 주던 사람이 지쳐서
모든 것은 끝난다

대개 사랑을 주던 사람이 지쳐서

모든 것은 끝난다.

매번 주기만 하면

상대가 특별히 잘못한 것도 없는데

괜히 만나기 싫고

약속을 피하고 싶고

다른 일이 하고 싶어질 때가 있다.

사랑을 받던 사람이 지칠 리는 없다.

사랑을 받던 사람에게는

이유를 알 수 없는 이별만이 생길 뿐이다.

가슴이 알기 전에

무엇이든 가슴으로 깨달으면
눈물 흘리는 날이 온다.

그러니 가슴이 알기 전에
머리로 모든 것을 이해하라.

지금 아프다고
삶이 불행하다고 생각하지 마

살면서 좋은 일도 있지만 슬픈 일도 있다.

정말 그냥은 넘길 수 없을 정도로

치명적인 아픔을 만나면 누구나 어쩔 줄을 모른다.

믿었던 사람에게 배신당하고

공들여 진행했던 일이 수포로 돌아가고

때로 믿음을 잃어 크게 망신당하고

사회적으로 매장당한다면

그건 씻을 수 없는 아픔으로 남을 것이다.

누군가는 사랑했던 애인이 등을 돌려서

또 다른 누군가는 하나의 목표를 이루기 위해

모든 것을 포기했는데

그 일에 실패했을 때 큰 실의에 빠진다.

그런 사람들은 말한다.

'인생은 고행이고 즐거울 일이 없고 힘든 것이다.'

그래서 모든 것이 싫어져 떠나고 싶어진다.

다 잊고 그냥 떠나고 싶어진다.

하지만

세상에 태어나서 웃고 떠들고 즐거웠던 순간도 많다.

그런데 지금 나를 힘들게 하는 그 일 때문에

인생 자체를 매도할 필요가 있을까?

기쁨도 일부분이듯 슬픔과 실의도 일부분일 뿐이다.

기쁨은 우리 자신을 잊게 하지 못하지만

슬픔은 스스로의 소중함까지 잊게 만드는 힘이 있다.

이혼했다고 그냥 실패한 인생일까?

머리 굵은 어른이 되어서도 왕따를 당한다면

그건 실패한 인생일까?

목표한 바를 이루지 못했다고 실패한 인생일까?

그저 눈 앞의 캄캄한 슬픔일 뿐이다.

그럴 때는 먼 과거로 시선을 돌려보라.

분명 잊고 있었던 행복한 시절들이

반짝반짝 빛나고 있을 것이다.

그 빛나는 순간들을

지금의 아픔으로 바래게 하지 않아야 한다.

놓아주다

놓아주는 건
붙잡았던 것을 풀어주는 것이 아니다.
그 사람의 곁을 떠나는 것이 아니다.
내가 나 자신을 찾는 것이다.

놓지 못하는 것이 있다면
나 자신을 찾지 못했기 때문이다.

헤어지기 전에는 화해해요

화해는
화가 다 풀렸을 때 하는 것이 아니라

헤어지기 전에
그리고 기회가 있을 때
상대가 받아줄 때 하는 것

화해는 만남을 계속하기 위해서가 아니라
완벽한 이별을 위해 하는 것.

누군가와 헤어지고
아쉬운 건
이별 때문이 아니라
정리되지 않은 감정들 때문.

내가 가진 것이 진짜라면

무엇을 가졌든

내가 가진 것이 진짜라면

마음이 불안하지 않다.

억지로 남을 이기려고 들지 않는다.

마음이 편하다.

그냥

좋든
싫든
지금 이 순간에 너무 큰 의미를 담지 말자.

기분이 좋아도 흘려보내고
기분이 나빠도 흘려보내자.

그래야 내일은
더 쉬워진다.

편견이나 고정관념

편견이나 고정관념은
거저라도
얻어오지 마세요.
그런 것들은
대개 직접 확인하지 못한 것들입니다.

그러니까
잘 몰라서 믿은 겁니다.

처음부터 온전히 내것이었던
편견이나
고정관념은
아마도 거의 없을 것입니다.

놀랍게도 편견은
모두가 소망하고 꿈꾸는 무엇일 때도 있습니다.

알고 싶은 것

알고 싶은 것은
누가 가르쳐주는 것이 아니라
스스로 깨달아야 하는 것

내가 없어지는 순간

내가 없어지는 순간은 언제일까.
내 의식이 없어지는 순간일까.
내 심장이 뛰지 않는 순간일까.
내 육체가 사라지는 순간일까.
분명한 건
너의 가슴에 내가 사라질 그때가
내가 사라지는 순간이다.

심장이 뛰고 눈 앞이 환해도
내 가슴에 내가 없다면
어쩌면 나는 존재하지 않는 것인지도 모른다.

위로해줄 수 없다면
모르는 척 해주세요

사람은 때로 내 아픈 곳을 감추기 위해

남의 아픈 곳을 들추기도 한다.

하지만 절대로 타인의 아픈 곳을

함부로 지적하는 것도 아니요,

알은체를 하는 것도 아니다.

언제나 아픈 곳은

위로와 모르는 척하는 배려가 필요한 것이다.

성공으로 이끌어준 것은
꿈이 아니라 노력이다

성공으로 이끌어준 건

달콤하고 가슴 설레는 꿈 같지만

사실은 그 뒤에 숨은 엄청난 노력이다.

홀린 듯 노력하고

그 끝을 보면

그간의 고생은 다 잊어버린다.

그래서 모든 공은 꿈에게 돌아간다.

꿈이 없어서

성공하지 못하는 것이 아니라

꿈은 오래전에 있었지만

노력하지 않아서

망상이 되는 것이다.

예전에는 떠날 사람이라면
정을 주지 않았다

예전에는 떠날 사람이라고 생각하면
정을 주지 않았다.

그 사람이 가고 나서 느낄 섭섭함과
외로움, 그리움이 모두 싫었기 때문이다.

하지만 이제는 떠날 사람이라고 생각하면
더 많이 아껴주는 법을 알게 되었다.

함께 있을 때 즐겁고 행복한 것이
얼마나 중요한지 알게 되었기 때문이다.

그리고 어차피 모든 사람은 떠나가니까.

걱정하지 마요

안심해도 되는 것은 괜히 신경 쓰이고
걱정해야 할 것은 마음을 놓아버리기도 한다.

완성도 있게 처리한 일일수록
마무리로 걱정을 하고

제대로 다하지 못한 일일수록
운이나 다른 사람에게
결과를 맡기기 때문이다.

그래서 걱정은 늘 쓸모없는 것이다.
그래서 걱정은 일상에 너절하게 존재하는 것이다.

살아가는 방법

믿지 않는 것,
마음을 열지 않는 것도
리스크는 있지만
그래도 살아가는 방법 중의 하나다.

함부로 마음을 열어주는 것과
훈훈하게 마음을 활짝 열어주는 것은
사실 별 차이는 없다.

내일을 알 수 없지만
내일의 지도를 만드는 방법은
타인의 마음을 먼저 읽는 것.

잘해줘야 할 사람

잘해줘야 할 사람은
내가 이길 수 없는 사람이 아니라
나를 필요로 하는 사람이다.

네가 날 사랑한다는 걸 알아

네가 마음놓고 날 사랑하는 건

아마도

내가 널 사랑한다는 것을

확신하기 때문이겠지.

좋아한다는 건

좋아한다는 건
그 사람이 좋아하는 음식
좋아하는 음악
좋아하는 운동까지 좋아하는 거야.

그 사람이 없어도
그 사람이 좋아하는 음식을 먹고 싶고
그 사람이 좋아하는 음악을 듣고 싶고
그 사람이 좋아하는 운동을 해보는 거야.

어느 날 밥상을 차리다가
나는 해물탕
너는 떡국을 먹는 걸 보고
알았어.

사랑은 노력이라는 것을.

매력적인 사람보다
오래가는 사람이 좋다

살다보니

매력적인 사람보다 오래가는 사람이 좋다.

빼어난 사람보다 친절한 사람이 좋다.

꿈을 이룬 사람보다 지금에 만족하는 사람이 있다.

똑똑한 사람보다 감싸주는 사람이 좋다.

때로는

나 자신에게도 그러하다.

매력적이고 싶어도 누군가와 오래가고 싶고

빼어나고 싶어도 친절해지고 싶다.

꿈을 이루고 싶어도 지금 만족하고 싶고

똑똑해지고 싶어도 먼저 감싸주는 법을 배우고 싶다.

그것이 행복이기에.

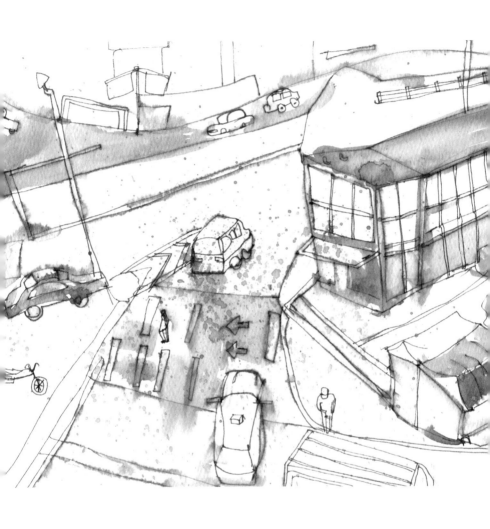

오해

못된
사람의 마음을
내 이익에 맞춰
긍정적으로 생각하는 것은
절대로
그것은
희망이 될 수 없다.
배려가 될 수 없다.

조금씩

좋은 것도 조금만
불편한 것도 조금만
뭐든 조금만 하자.

어떤 한가지로
인생을 가득 채우지 말자.

그리고 마음 속에서
제멋대로
멈추지 않는 것들은
강제로라도 종료시키자.

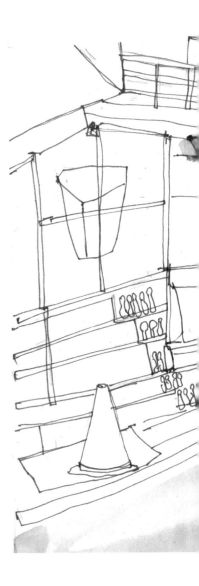

좋아하는 사람이 생기면

예전에는 좋아하는 사람이 생기면
그 사람을 만나면 뭐할지
그 사람과 통화하면 무슨 말을 할 지
어떻게 사랑한다고 말할지 언제나 그것만 생각했다.

하지만 이제는 생각한다.
좋아하는 사람이 생기면
그 사람이 전화하지 않을 때 무슨 생각을 할지
그 사람이 바쁠 때 뭘 할지
다른 사람을 만나도 제자리를 잃지 않을지 생각해둬야 한다.

누군가를 좋아하려면 얼머나 열정적으로 사랑하느냐보다
중요한 것은 따로 있다.

그 사람과 멀어졌을 때
어떤 대책이 있느냐인 것이다.

항상 양보하고 잘해준 사람이 매달릴 확률은 별로 없다

만나면서 항상 먼저 양보하고

잘해주고 신경 써준 사람이

어느 날 갑자기

이별 통보를 받으면

매달리는 확률은

그리 높지 않다.

항상 사랑받고

대접받았던 사람이

이별 통보를 받으면

매달릴 확률이 많다.

그러니 사랑도

주는 대로 다 받으면

안 되는 것.

지금 이 순간

모두가 마음에 안 들어하고 반대해도
이 사람 아니면 안 된다고 생각하는 건
지금 이 순간
그 사람이 너무 좋기 때문이고

아름다운 추억이 차고 넘쳐도 헤어지고 싶은 건
지금 이 순간
그 사람이 너무 싫기 때문이다.

지금 이 순간이 지나면
비로소 수런거리는 주변의 말이 들려오고
지워지지 않는 추억들이
머리를 엄습해온다.

그래서 가장 사랑하는 사람일수록
놓치기 쉬운 것.

한번 멀어진 사람

구관이 명관이라고 하지만
한번 멀어진 사람은 또 멀어진다.
그러니 어느 날 갑자기 돌아왔을 때
반기지 마라.

어느 날 갑자기 그는 또 떠난다.
아무 이유없이 돌아온 사람이
아무 이유 없이 또 떠나지 않겠는가.

그 사람이 나에 관해 생각했을
비판적인 생각과 야비한 저울질을 가늠해보라.

살다 보면
가장 좋은 사람은 친절한 사람보다
달콤한 사람보다 곁에 오래 있어주는 사람이다.

지금 필요한 것

어떤 일이든 시간, 돈, 노력을 들이지 않고는
아무것도 얻을 수 없다.

함께 행복하고 싶다면

누군가를 만나 가까워지면 그 사람이
내가 바람직하다고 생각하는 방향으로 이끌지 말고
그 사람이 좋아하는 것을 함께 좋아하자.

진심어린 조언이 생각보다 많은 사람의 등을 돌리게 한다.
내게 있어 최선의 방법은 언제나 나를 위한 것일 뿐이다.

중요한 건 그 사람이 나를 만나 행복했느냐이다.

그 사람이 가던 길을 더 즐겁게 갈 수 있도록
그의 곁에 있어주자.

그 사람은 그 사람의 길을 가다가 나를 만난 것이니까.

우리가 어느 순간 멀어져도 우리가 가는 길이
언젠가 다시 만날 수 있도록.

모든 것은 생각한 대로

정말 너무 힘들었을 때
문득 생각했다.

"행복해져야겠다."

늘 그런 생각을 하고 살아왔다.

그리고 어느 날
나는 정말로 행복해졌다.

힘들 때
나 자신에게
거짓말하지 않길 잘했다.
나 자신을 원망하지 않길 잘했다.
나 자신을 후회하지 않길 잘했다.

후회

네가 후회하게 될 즈음

나에게

넌 아무 의미도 없는 사람이었으면 좋겠다.

미안하다

참을 수 없이 화가 날 때는
네 잘못이 아니라
바로 나의 실수일 때.

마음에도 없는 말

내가 들은 쓴소리가
사실 그 사람에게는
마음에도 없는 말이라면
오래 생각하지 마세요
마음에도 없는 말을 하는 이유는
단지 상처주기 위해서입니다.

네가 져주면 안되겠니

사람들은 누구나
상대가 져줄 때 누그러진다.

사실 나는 처음부터
다 이해해주고
보듬어줄 준비가 되어 있으므로

만일 상대가
져주지 않으면
이런 내 마음은 조금도
통하지 않을 것이므로

삶을 지키는 것은

사람이 못 믿고 살면 마음이 괴롭다.
한번 탁 믿으면 사는 게 쉬워진다.

그러니 그냥 믿고 살려고 한다.
그것이 쉽기 때문이다.

크게 진열된 상품만 사면
속 깊이 숨어 있는
값싸고 품질 좋은 무언가를 지나치게 된다.
그것이 손해다.

삶을 지키는 건 경계심이다.
마음을 복잡하게 만들고
머리를 아프게 하는 것이

손발을 귀찮게 하는 것이
삶을 지키는 것이다.

산다는 건
용서의 반복이다

"다시 만나봐야 또 싸울 텐데."

"계속 같은 일이 벌어질 거야."

산다는 건 불화의 반복이 아니라 용서의 반복이다.

인생이 풍경보다 아름답다면

이 세상에
꽃이 피고 지듯
사람들 사이에 만들어지는 이야기들이
산책길에서 만나는
풍경보다
조금 더 아름다웠으면 좋겠다.
오늘
그대와 나 사이에 일어나는 일이
만개한 벚꽃보다
아름다웠으면 좋겠다.
그것이면 된다.

그대 지금 잘 살고 있는 거죠

나 말고 다른 사람이야
불행하든 넘어지든
상관없을 것 같지만
나만 잘 산다고
다 되는 건 아니야.
설령 모르는 사람이라고 해도
그 사람이
불행하고
힘들어하면
나도 행복해질 수 없는 거야.
그래서 인생 사는 게 어려운 거야.
때로는
이렇다는 것이
무서워.

가장 필요한 것은
원래부터 있었던 것

그대를 먹여살리는 건
학벌로 배경도 아닌 성실함

반갑게 만나 아쉬워하며 헤어진다면
그걸로 됐어

언젠가 생각했었지.

어차피

헤어지는 건 똑같은데

좋게 헤어지든

나쁘게 헤어지든

다를 것도 없다고

기뻐하며 만나

후련하게 헤어지는 건

가장 슬픈 거야.

아무도 슬퍼해주는 사람이 없는

이별이니까.

미친 사랑

미친 사랑에 빠져있을 때보다

더 두려운 순간은

미친 사랑이 끝나갈 때쯤.

용서할게요

사람은
때로
사소한 잘못을 용서하지 못하고
큰 잘못은
쉽게 눈감아준다.

용서할 수 없는 사람은
반듯해도 도저히 정이 안 가는 사람이다.

용서할 수 있는 사람은
큰 배신을 했지만
한번이라도
진짜 사랑을 느껴본 적이 있는 사람이다.

상처

사람들은
마음속의 상처에서 휘둘리며 살아가면서도
자신의 상처를 외면하길 원한다.
단지 외면한 것뿐인데
극복한 것처럼 가해자를 쉽게 용서하고
통 큰 척 뿌듯해하기도 한다.

누군가 마음속 상처를 알아차리면 거부하고
상처로 인해 생긴 노하우나 다짐을
절대로 꺾지 않는다.

마음이 많이 아픈 적이 있다면
그로 인해 앞으로는 어떻게 해야 겠다는 결심이 섰다면
그것은 상처를 외면하는 방법이다.

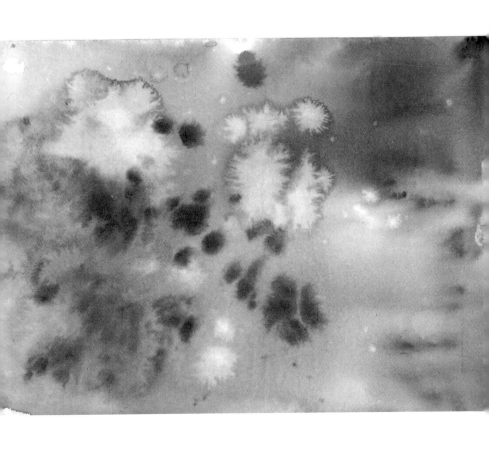

좋은사랑 나쁜사랑

지금 하고 있는 사랑이 좋은 사랑이라면
나의 삶은 점점 더 좋아질 것이다.

하지만 나쁜 사랑이라면
점점 나는 망쳐갈 것이다.

나쁜 사랑은
그 사람의 모든 것을 빼앗는 사랑이다.

그 사람은
단계적으로
심신을
돈을
남은 모든 것을
가져가려고 할 것이다.
하지만

좋은 사랑도 매혹적이고
나쁜 사랑도 매혹적이다.

나쁜 사랑도
갑자기 찾아오면
살면서 거의 찾아오지 않는
흔치 않은 기회라고 생각한다.

어쩌면
나쁜 사랑에 빠졌을 때
그때가 가장 황홀하다.

가까워진다는 것은

가까워진다는 것은
속에 있는 말을 마구 내뱉는 것을 의미하는 것이 아니다.
대접받아야한다는 것을 의미하는 것이 아니다.

가까워진다는 것은
누구보다도 잘해준다는 것을 의미한다.

그렇지 않으면
그 사람은 언제나 거리를 두려고 할 것이다.
가까이 두고 불편한 것보다는
멀리 두고 마음 편한 것이 차라리 좋으니까.

오후

결정을 앞두고 생각에 빠져 있을 때는
내가 나 자신을 기다리는 중이다.
때로 그 기다림은
오지 않는 버스를 기다리는 것처럼
초조하고
짜증이 날 때가 있다.

그래서 생각은 빠르고 간단히 해버린다.
그것이 바로
착각이다.

반가워요

문득

당신을 만나

반갑게 인사할 수 있는 건

우리 사이에 멋진 스토리가 있어서가 아니라

이전에도 몇번

얼굴을 본 적 있었기 때문.

답이 오지 않을까봐
문자를 보내지 못한 적이 있나요?

답이 오지 않을까봐 문자를 보내지 못한 적이 있고
상대방이 받지 않을까봐 전화를 하지 못한 적이 있다.

가끔은 안부를 물어도 좋겠지만
상처받을 까봐 다가가지 못하는 일은 있다.

기분 좋은 답장이 오고 기분 좋은 통화가 이어지면
연락하기를 주저하지 않는다.

안타깝게도
답이 오지 않을수록 또 문자를 보내고 싶고
전화를 받지 않을수록 또 전화를 하고 싶어진다.

차라리 아무것도 안 하는 것이
그래도 가장 할만하므로

그 사람은 그저 지쳤을 뿐

쳐다보고도 인사하지 않는 사람
물어봐도 대답하지 않는 사람
다른 것을 요구했을 때 묵살하는 사람

그런 사람은 있다.

그래서 옷이 필요해 매장에 들어가도
둘러보고 그냥 나오기도 하고
수업을 듣다가 다음 모집 기간에는 끊어버리고
가식적으로 대했다가 더이상 만나지 않는 사람이 생긴다.

그 사람은 내가 싫어서 그러는 것이 아니다.
나를 무시해서도 아니다.
그냥 그는 자신의 삶에 지쳤기 때문이다.

사랑은 깊어지는 것이 아니라
고갈되는 것이다

나 아니면 안 될 것처럼

나를 좋아했던 사람도

시간이 지나면

점점 내가 필요없어지고

애정이 고갈된다는 것을 잊지 말아야 한다.

부모가 자식을 대하는 마음도

자식이 부모를 대하는 마음도

여자가 남자를 대하는 마음도

남자가 여자를 대하는 마음도

사랑이란 시간이 지나도 점점 깊어질 수 없는 것이다.

그 사람이 나를 가장 사랑할 때는

그 사람이 가장 나약할 때다.

그리운 것은
내 삶에 과잉된 것이다

콜레스테롤 수치가 높아도

라면 먹을 때는 달걀을 깨트려넣어야 하고

간 수치가 높아도

오늘은 술과 고기를 먹고 본다.

그리운 것은

언제나 내 삶에 과잉된 것이다.

그리고 필요한 것은

귀찮고 하기 싫은 것이다.

사랑하는 말보다

사랑한다는 말보다
헤어지자는 말이 더 존중되어야 한다.
사랑을 마음가는대로 다 주고 싶어도
언제 바뀔 지 모를 상대의 마음 때문에
남겨두고 아껴둔 사랑이
외로움이 된다.

어려워서 못하는 것은 없다

어려워서 못하는 것은 없다.
한번만 알아보면
할 수 있는 방법은 이내 찾아진다.
다만
마음 먹지 않아서
하지 않고 있는 것일뿐.

헤어지기 가장 좋은 날

헤어지기 가장 좋은 때는
상대가 후회하기 시작할 때다.

떠나는 모습이 비참할 바에야
아쉬운 것이 낫기에.

혼자의 순간

아무리 외로운 존재라고 해도
집에 돌아가기 위해 하루종일 일하고
아무도 필요하지 않은 순간을 꿈꾼다.

그것이 아무리 짧다고 해도.
소중한 사람들이 주는 고통도 때로는 견딜 수 없다.

소중한 사람의 소중한 사람과의 부대낌.

사람은 인생을 살아가며
많은 사람을 만나지만
결국에는 혼자가 된다.

하지만 그 혼자만의 순간을 위해서
혼자가 되기 위해서 살아가는 것이다.

처음으로 돌아가는 길

다시 시작하는 건
처음으로 돌아가는 것이 아니다.

말그대로
그냥 다시 시작하는 것뿐.

그런데
모든 것을 처음으로 되돌린 것처럼
마음을 비우지 말아야 한다.

졌다고 패배자가 되는 것이 아니다

언제나
경쟁에
승부에
놓이는 인생이지만

이겼다고 승리자가
졌다고 패배자가
되는 것이 아니다.

진 사람은
그냥 술래가 되는 것이다.

술래는
다른 사람보다
할 일이 조금 더 많은 사람일 뿐이다.

중요한 건 행복

나에게 상처 준 사람이
혹은 자기밖에 모르는 사람이
불행해지면
일시적으로 고소할 수 있으나
그렇다고 해서
내 마음이 채워지는 것은 아니다.
그 사람이 어떻게 살든 말든 상관없이
중요한 건
내가 행복해지는 것이다.
그것이 모든 것을
지나간 것으로 만들고
마음의 빈곳을 지우는
방법이다.

회사를 다니며 힘든 일

회사를 다니면
일보다도 어려운 게 사람이다.

보기 싫어도 매일 봐야 하는 고통보다
때로는 그만두고 나면
다시 만날 일도 없다는 것이 또다른 아픔이다.

누구나 한번쯤
회사를 다니다 이런 관계에 지친다.

미워하지 마요

남을 미워하지 마요.
그럼
자기 자신도 미워하게 돼요.
나 자신을 사랑하는 첫번째 방법은
가까이 있는 사람을
사랑하는 것입니다.

멈출 수 없다면

멈출 수 없다면

그것이 잘못된 것이기 때문이다.

감정

감정에 사로잡힌 사람의 말은
찬찬히 들어주되 판단하면 안 된다.

하지만 사람은 감정에 휩싸이면
말이 많아진다.
가슴 속에서 부글부글해서
말이라도 해야 뭔가 풀리기 때문이다.

사랑에 빠진 사람의 말은
사랑이 식으면 그 말은 유효하지 않고
화난 사람의 말은
화가 풀리면 그 말이 유효하지 않기 때문이다.

사랑이 끝나고 나면 사랑할 때 했던 말이
아무 의미가 없듯이.

흐트러진 것을 바로잡는 것보다

더 중요한 것은
감정을 떠나보내는 것이다.

감정에 사로잡혀 있으면
아무리 정리하고 바로잡으려고 해도
더 난장판이 되니까.

노력하지 않아도
자연스럽게 정리가 되는 건
바로 감정이
나를 떠났기 때문이다.

열심히 하면
쉽게 그만두지 못한다

사랑이든

일이든

열정을 가지고

열심히 하는 것이 좋다.

결과나 평판과 상관없이.

열심히 하면

무엇이든 쉽게 그만두지 못한다.

실력은 비슷해도

열정을 가진 사람이

끝까지 남는다.

당신과 오래가고 싶어요

난 당신과 오래가고 싶어요

거리를 두고

당신의 욕심이나 이기심은 보지 않을래요.

괜찮아요.

사람이라면 누구나 욕심쯤

이기심쯤 있는 거에요

가까워지면 누구나 사람의 이기심과 만나요.

이기심을 들키는 순간

나쁜 사람으로 각인이 되죠.

때로는 이용당하기도 하지만

가장 두려운 건 이기심이 채워지고 난 뒤에는

떠나고 싶어지는 거죠.

그게 무서워요.

당신의 이기심이 무엇인지 알고 싶지 않아요.

그래서 거리를 두는 거에요.

속을 드러낸다고 해도 모르는 척할 거에요

그냥 당신과 오래가고 싶으니까요.

생각이 다르다는 이유로
인연을 끊을 필요는 없다

살다 보면

생각은 바뀌므로

생각이 맞지 않는다고

인연을 끊을 필요는 없다.

맞아도

안 맞아도

변함없는 건

너와 내가 함께 한다는 것이다.

쉽게 행복해질 수 없는 이유는

쉽게 행복할 수 없는 것에도
쉽게 성공하기 어려운 것에도
이유가 있다.

스스로 행복해지려고 하지 않고
누군가 나를 행복한 사람으로 만들어주길 바라고

스스로 성공하려고 하지 않고
누군가 나를 성공시켜주길 바라기 때문이다.

혹은
아무도 행복해지는 법이나
성공하는 법을
친절하게 가르쳐주지 않기 때문이라고
생각하기 때문이다.

이 세상에 실패가
멸종되지 않는 이유

필요없고

쓸모없는 것은

모두 퇴화하게 되어 있다.

그럼에도

실패나 좌절,

슬픔이 이 세상에서

멸종되지 않는 것은

쓸모가 있기 때문이다.

사람은

잃지 않으면 돌아볼 수 없다.

그래서 실패가

필요한 것이다.

잘못 좋아하면

누군가를 잘못 좋아하면 좋아하면서도 괴롭고
말에는 원인을 알 수 없는 가시가 돋쳐 있고
그 사람도 도망가고 내 삶도 망가진다.

누군가를 제대로 좋아하면 좋아하는 동안 행복하고
그 사람도 즐거워하고
만일 헤어지게 되어도 아름답게 이별하고
그 사람도 나를 그리워하고
그 사람이 없이도 내 삶은 여전히 잘 굴러간다.

너는 그를 위해 모든 것을 걸고 사랑했다고 하지만
다시 생각해보라.
정말 그를 위해서였는지.

그 사람이 떠나가고 내 삶이 망가졌다면
그건 정말 내 잘못이었을 지도 모른다.
그는 사람일 수도 목표일 수도 꿈일 수도 있다.

함께 있어요

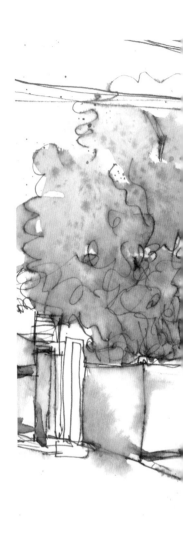

우리가 각자 혼자 있을 땐
외로울 수 있지만
서로의 곁을 지켜주면
행복해질 수 있어요

당신을 지키고 있는 것

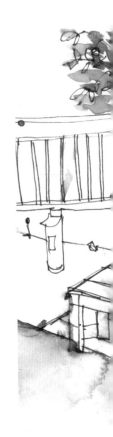

절호의 기회를 놓치고
더 잃을 것 없는 사람처럼
굴지 말아요.
당신을 지켜주는 건
당신이 이미 가지고 있는 것.
당신을 흔드는 건
당신이 갈망하는 것.

사랑했다는 것

사랑한다는 것은 날아갈 듯이 행복한 것.
헤어졌다는 것은 모든 것을 처음으로 되돌리고 싶은 것.
사랑했다는 것은 또다시 생각해봐도 그리운 것.

처음에는 나를 보고 웃던
너의 얼굴이 가장 아름다웠고

너 때문에 울게 된 내 얼굴은
거울로도 보기 싫었고

시간이 흐르고나서야
사랑에 빠져서 환했던 내 얼굴이
아름다운 줄 알게 되었다.

외로움이란

외로움이란 혼자 있는 사람이 느끼는 것이 아니다.
늘 헤어지는 사람이 느끼는 것이다.
자주 헤어지는 사람은
이별할 때 오래 생각하지 않고 이별을 확 지르고
성급히 다른 사람을 만나려고 하는 사람이다.
만나는 것조차
설레지 않고 두려워졌다면
외로움이 차고 넘치는 것이다.

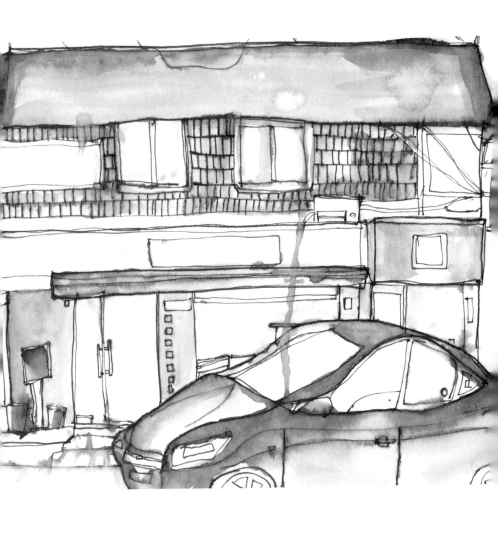

넘어지고 나서

넘어지고 나서
씩 웃으며 다시 일어나면
사람들은 너를 다시 볼 것이다.

넘어져서 만일 허둥지둥거리면
사람들은 네가 그것밖에 안된다고 생각할 것이다.

네가 넘어져서 울음을 터뜨리면
사람들은 힐끔 바라보다가 피할 것이다.

넘어져서 아파하다가 넘어뜨린 사람을 찾아가 때려주면
사람들은 그래도 찌푸린 표정으로 너를 바라볼 것이다.

넘어져서 툴툴 털고 다시 더 힘차게 달리면
사람들은 너에게 감동할 것이다.
너에게서 뭔가 배우고 싶어 할 것이다.

보고 싶은 얼굴

처음에는 갖고 싶은 얼굴이 예뻐보이고
시간이 지나면
보고 싶은 얼굴이 예뻐보인다.
가장 아름다운 얼굴은
그리운 얼굴이다.

병

나의 사랑이 병들기 시작한 것은
내 사람만 소중하고
다른 사람이야 어떻게 살든 상관없다고 생각할 때다.

내 사람이 내 마음의 일부가 아니라
내 몸의 일부처럼 마음대로 조종하고
길들이려고 할 때다.

내가 내 사람만 위해주고
다른 사람을 저버릴 때
내 사람은 비로소 불행해진다.
내 사랑이 병들었기 때문이다.

모든 것을 가졌다고 생각했을 때가
아무것도 가지지 못한 사람이 되기
직전이다.

기왕 헤어진다면

헤어져야 한다면
그 사람이 전화도 안 받고
만나주지도 않고
나를 피하게 만들지 말고

그 사람이
절절한 눈물을 흘리며
오랜시간 마음을 정리할 수 있도록
그리고 내가 좋은 추억으로 남을 수 있도록
해주는 것이 좋다.

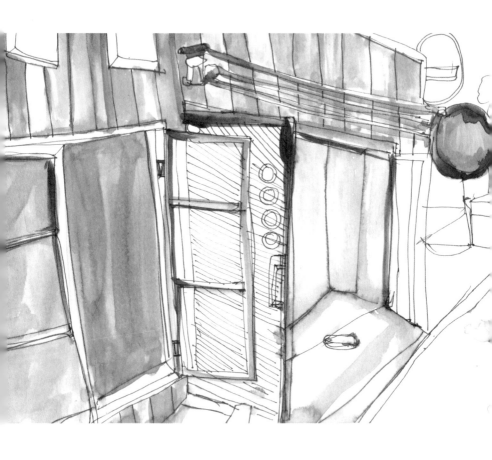

어려움에 닥치면

어려움에 닥치면
도망가지 않고
도리를 다하며
부딪히는 사람만이
어려움에서 극복할 수 있다.

얇은 꾀로 수를 쓰고
외면하고
도망치는 사람은
영원토록
어려움의 그늘에서
벗날 수 없다.

가장 지독한 외로움은

누군가 너를 챙겨주고
아껴주고
잘해줄 때

너는 행복감보다
쾌감을 느낀다.

그래서
너를 아껴줬던 사람이
떠나고 나면
견디기 어려워진다.

그것은 외로움 중에서도
가장 지독한 외로움이다.

그런 사람이 있다면

내가 심심할 때는 어떻게 아는지

기가 막히게 문자를 보내주고

내가 힘들고 어려울 때는 따뜻한 말로 위로해주고

괜히 짜증이 날 때는 맛있는 것도 사주고

내가 부르면 언제든 바로 달려와주고

집까지 데려다주고

자주 전화해주고

나의 이야기를 들어주고

어떤 이야기를 해도 소문도 나지 않을 만큼 입도 무겁고

내 편이 되어주고

이런 사람이 있다면

아마도

애인보다 좋을 것이다.

애인도

가족도

부모도

다 못하는 일이니까.

나 자신을 사랑한다는 것은

나 자신을 사랑한다는 것은
다른 사람보다 나를 더 소중하게 생각하고
잘못을 저질러도 관대하고
좋은 걸 먹고
좋은 걸 입는 것을 의미하는 것이 아니다.
세상에 나 자신은 단 하나이지만,
어쩌면 내가 살아가는 풍경 속에는
또 다른 나처럼 느껴지는 것들이 많이 있다.
작은 나뭇잎 한 장에도
낯선 사람의 손길에도
때로는 나 자신을 발견한다.
그때 만난 나 자신을 아껴주고
보듬어 주는 것이
바로 나 자신을 사랑하는 것이다.

그 사람을 좋아하는 것

누군가에게서

전화가 오면

그 사람이 나를 좋아하는 것이라고 생각했다.

하지만

꼭 그런 것은 아니었다.

전화를 거는 사람의 마음은

의외로 잘 변한다.

하지만

누군가의 전화를 기다리는 것은

분명히 그 사람을 좋아하는 것이다.

위로

위로란
네가 내 말을 들어주면서
네가
내 안의 슬픔을 같이 느끼는 것이 아니다.

너로 인해
내가
내가 가진 슬픔이 가치 없다는 것을 깨닫고
버릴 수 있는 것이다.

사랑

내가 큰 도움을 주고
먹여주고 입혀 주고
모든 것을 해줬다고 해도

그 사람을 존중하지 않고
그 사람이 원하는 것을 하지 못하게 하고
그 사람 스스로 행복하지 않다고 생각하면

그는 내게 고마워하지 않을 것이다.
나를 미워할 것이다.

만일 억지로 고마워하고
미워하지 않으려고 하면
그 사람의 마음에 큰 구멍이 생겨
그 사람은 오랜 세월
자신과 싸워야 할 것이다.

나는 분명 잘해줬는데
많은 걸 줬는데
그 사람은
뒤도 돌아보지 않고
떠나는 일이 있다.

큰 도움을 주기는 어렵고
사소한 배려는 쉬울 것 같아도
큰 도움보다도
놓치기 쉬운 것이
작은 존중이다.

나의 창밖에 당신이 서 있어요

사람들은 대개
자신이 좋아하는 것
자신이 잘할 수 있는 것을

가까운 사람에게 권한다.
아무리 아끼는 마음이 있어도
그 사람에게 필요한 것을 권하지 못한다.

그래서 사람은
속이 시커먼 사람이라도
자신의 마음을 읽어주는 사람에게
흔들린다.

사랑한다는 말은

사랑한다는 말은
말을 한 사람이 기억하고 있을 때까지만 유효하다.

사랑한다고 말한 사람이
사랑한다고 말했던 기억을 잊어버리면

더 이상 아무런 의미도 없다.

편지는 남아있지만
편지를 준 사람은
나를 먼저 잊어버리듯이.

비는 갑자기 내리지만,
그치지 않는 비는 없다

출발할 때는 맑아도 돌아오는 길에는 비가 올 수 있다.

살아가면서 내가 생각하지 못한 일은
얼마든지 일어날 수 있다.

갑자기 내리는 비는 있지만 그치지 않는 비는 없다.

당황스럽고 힘들 때는
잠시 쉬어가면 된다.

영원히 내리는 비는 없다.
우산도 없는데 불시에 내린 비에
나무는 자란다.

그리고 너의 마음도.

고마워해야 할 사람

살다보면 견디기 어렵고 힘든 일이 생긴다.

그 일을 잘 극복하고 나면 나에게 상처준 사람이 있었기에
지금의 내가 있는 것 같은 생각이 든다.
어쩌면 그 사람이 없었다면 지금의 행복도 없었을 것 같다.

하지만 고마워해야 할 사람은 결과로 판단하는 것이 아니다.

그 사람의 의도가 좋을 때만
그 사람에게 고마워해야 하는 것이다.

그 사람의 의도가 나빴지만
결과가 좋았다면 결과에 만족하고 그 사람은 미워해야 하며,
그 사람의 의도가 좋았지만 결과는 나빴다면
결과에 새 각오를 다지고
그 사람은 원망하지 말아야 하는 것이다.

환히 웃어주는 사람

그래도
밥 사주는 사람
선물 준 사람보다

나에게 환히 웃어준 사람
따뜻한 말로 다가온 사람을
기억하자.

삶을 즐기는 사람

어떤 사람은 불이라 가까이 가면 뜨겁고
어떤 사람은 얼음이라 가까이 가면 차갑다.
어떤 사람은 꽃이라 가까이 가면 향기롭고
어떤 사람은 물이라 가까이 가면 촉촉해진다.

성공한 사람
잘 나가는 사람
돈 잘버는 사람보다
가까이 하면 좋은 사람은
자신의 삶을 즐겁고 신나게 재미있게 누리고 있는 사람이다.

어떤 위치에 있든
어떤 인생을 살든.

사랑할 땐

어렵겠지만,

이별할 땐
나를 위한 이별을 하지 말고
그를 위한 이별을,

사랑할 땐
그 사람에게 목메지 말고
나 자신을 좀 더 사랑하자.

어떤 사람을 만나도
다 똑같은 이별을 하지 않으려면.

행복

오늘 행복해야 하고
내일도 행복해야
먼 훗날에도 행복해질 수 있다.

행복은 불행의 반대말이 아니다.
행복은 방탕한 것이 아니다.
행복은 자만이 아니다.

지금 좀 힘들고 어려워도
웃을 수 있고 의욕을 가질 수 있는 것이
행복이다.

목표를 이루고
많은 것을 가져도
그것이 전부가 아닌 것이
행복이다.

엔딩

헤어지는 것이 새드엔딩이 아니다.
같이 있는 것이 해피엔딩이 아니다.

서로 미워하며 함께 있는 것이 새드엔딩이다.
마음을 풀고 웃으며 헤어지는 것이 해피엔딩이다.

화해하고 싶어.

그리고 헤어지고 싶어.

운명

좋은 사람을 만났다고
내 인생이 잘 풀리고
나쁜 사람을 만났다고
내 인생이 가로막혀서는 안 된다.

어떤 사람을 만나든
어떤 상황에 놓이든
언제나 나 자신을 지킬 수 있어야 하고
행복할 수 있어야 한다.

사랑을 받으면

사랑을 받기만 하면 안 된다.

준 사람의 마음은 변하고

내가 받은 사랑은
오래 갖고 있어도
처음 받을 때처럼 그대로기 때문이다.

공짜로 위장한 기회들

공짜라도
그것이
누군가의 모든 것이라면
가지지 말아야 한다.
그것이 때로
모두가 탐내는 것이라고 해도

칭찬

예전에는 잘하는 것이 좋았다.
그래서 잘해내는 것이 중요하다고 생각했다.

요즘은 생각한다.
뭔가 잘해내는 것보다
나를 격려해주고 칭찬해주는 사람이 있다는 게
더 중요하다는 것을.

격려와 칭찬은
잘했기 때문에 해주는 것이 아니라
사랑하기 때문에 해주는 것이기 때문이다.

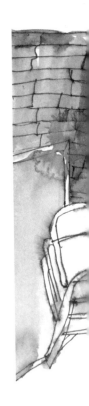

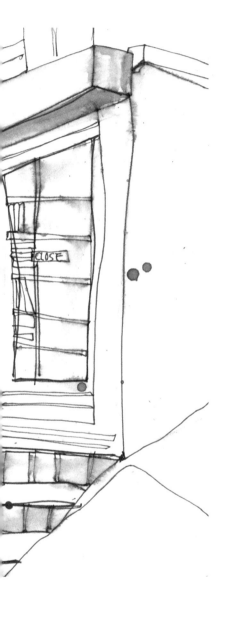

이거 아세요?

이거 아세요?

당신은

세상에서 단 하나뿐인 존재에요

당신의 곁으로

다가온 사람은

당신의 가치를 알아봐준 사람이에요

진정한 승리

이겨서 기쁜 걸까?
상대가 져서 좋은 걸까?
누구나 승리를 원한다.
진 사람이 축하해주는 것이
진짜 승리다.

타인의 진심도
내가 노력하지 않으면 변한다

남자는 여자에게 헤어지자고 했다.
그러자 여자는 몹시 가슴이 뛰며 화가 났다.

"너 생각 안 나? 네가 먼저 사귀자고 했잖아.
내가 싫다는 데도 네가 졸졸 따라다닌 거잖아?
그리고 지난 내 생일날에 뭐라고 했어?
나랑 영원히 함께 하자고 했잖아. 잊었어?"

남자는 문득 말을 잃었다.
그녀의 전화도 받지 않고 문자에도 대답하지 않고
만나주지 않았다.

그녀는 왜 모를까?
마음은 변하는 것인데 말이다.
사랑한다는 말은 한번 해놓으면
평생 지켜야 할 족쇄가 아니다.

사랑을 지키는 건 사랑을 받은 사람이다.

버림받는 사람은 언제나 버린 사람을 미워할 것이다.
사랑하기로 맹세했다는 이유로
무심했던 자신을 돌아보는 건 어려운 일이다.

누군가를 사랑하려면

누군가를 사랑하려면
나 자신은 잘 있는지
확인하는 습관을 가져야 한다.

그 사람이 떠나려고 할 때
비참해지지 않으려면.

사랑을 잃고서야
내 진짜 모습을 만나지 않으려면.

집착도 때로는

집착도
때로는 살아가는 힘이 된다.

사랑은 허무하게도
어느 날 갑자기
사라지고
바뀌지만

집착은 좀처럼 바뀌지 않으니까.
그만둘 수 없으니까.

사치와 오만 그리고 편견

돈을 많이 쓰는 게 사치가 아니라
용서하지 말하야 할 사람을
용서하는 것이 사치다.

잘난 척 하는 게 오만이 아니라
헤어진 사람을 다시 만나는 게 오만이다.

편견은
행복과는 거리가 먼데도
자꾸만 꿈꾸게 되는 가치다.

때로는

때로는

내가 나를 대할 때도

다른 사람과 똑같이 대할 수 있어야 한다.

멀어진 그대에게

지금은 연락하지 않는 사람과
한때는 멋지고 아름다운 추억이 있었다는 게
참 이상하고
희한하다.

어쩌면 그 순간의 추억은 별것 아닌데
너무 많은 의미를 부여한 것인지도

괜찮은 여유

지금은 만나지 않는
한때 가까웠던 사람을
혼자서
아무런 원망이나
미움없이
떠올려보는 건
어쩌면
괜찮은 여유.

나쁜 사람

한때 분명 중요한 사람이었는데
멀어지고 나서
그 사람이 단 한번도
연락하지 않는 이유는
그 사람이 나쁜 사람이었기 때문이다.

나쁜 사람의 특징 중 하나가
뒤돌아보지 않는 것이다.

너를 보면 가슴이 설렌다

-아들에게

아들,

너와 잠시 떨어질 때가 있지.

집으로 돌아가는 길에

나는 가슴이 매우 뛰어.

너를 보러가는 길이잖아.

가슴이 쿵쾅쿵쾅

이건 내가 어떻게 하지 못하는 일이야.

그런데 어떤 사람도

너만큼 내 가슴을 뛰게 하지 않더라.

그때 알았어.

나는 너 말고 다른 사람은

사랑할 수 없게 되었다는 것을 말이야.

사랑해

-아들에게

사랑해, 아주 많이.

바보 같더라도

난

네가 더 이상 나를 필요로 하지 않을 때까지

네 곁에 있을 거야.

내가 떠날 때가 되면

너를 위해서

행복하게 이별할 수 있을 거야.

정말 멋지지 않니.

절대로 변하지 않는 사랑과

아름다운 이별을

모두 할 수 있으니 말이야.

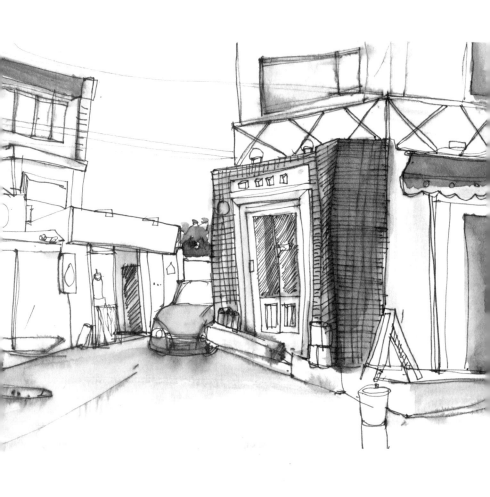

만남의 시간은 생각보다 짧아서
오해하고 헤어지는 일이 많다

만남의 시간은 생각보다 짧아서

오해하고 헤어지는 일이 많다.

좋아도

싫어도

다 알지 못하는 것은

마찬가지다.

어떤 인연도 서로에 관해서

모두 알만큼

기회가 주어지지 않는다.

설령 모르는 게 더 많다고 해도

언제나 나는

내가 알고 있는 것을 신뢰할 수밖에 없다

그래서 인생은 아름답다

사람은 언제나 자기 자신을 가장 사랑해주는 사람이 아니라

자신이 사랑해야 할 사람을 사랑하며 살아야 한다.

어머니 보다 아내를 사랑해야 하고

배우자 보다 자식을 사랑해야만 하고

본인의 부모보다 자식을 사랑해야 한다.

아내가 어머니보다 사랑해주지 않아도

자식이 배우자만큼 위해주지 않아도

더 많이 사랑해야 한다.

배신 당하더라도 그렇게 해야만 한다.

낮은 곳에서 높은 곳으로 흐르는 물이 없듯

빗방울이 하늘에서 떨어지듯

사랑은 언제나 자신을 가장 사랑해주는 사람보다

사랑해야 할 사람을 바라봐야 하는 것이다.

내가 사랑을 쏟지 않으면 살아갈 수 없는 사람.

내가 사랑을 쏟지 않으면 불편한 사람.

그 사람을 더 사랑해야 한다.

그래서 인생이란 슬픈 것이다.

그래서 인생이란 아름다운 것이다.

영광

과거의 영광이
먼 훗날의 쓰레기가 되지 않도록
주의하며 살아가기.

상처도 잊어야 하는 것이지만
때로는
영광도
잊어야하는 것.

도와줘서 고마워요

"도와줘서 고마워요."

그 사람에게 당장 필요한 것이라고 해도
얼마든지 좋은 결과로 갈 수 있는 가능성이 있다고 해도

그 사람이 원치 않으면 어떤 말도
도움이 될 수 없다. 그저 참견일 뿐이다.

살면서 일일히 끼어들지 못하고
그가 원하는 대로 걷다가 넘어지는 것을
보는 일은 어쩌면 흔하다.

예전에는 그것이 그와 멀어지는 것보다
더 큰 슬픔이라고 생각했다.

어떻게 모르는 척 할 수 있지?
정말 친하면 이야기해줘야 하는 것 아닐까?

하지만 이제는

사람은 자신이 원하는 대로 살 수 없을 때

가장 불행하다는 것을 알게 되었다.

자기 실수로 넘어진 사람은

누구도 탓하지 않고

멋쩍게 웃으며

다시 일어나므로

원하는 것을 얻고 싶다면

원하는 것을 얻고 싶다면 다짜고짜 들이대지 말고
먼저 상대의 기분을 좋게 하라.

지금 어떤 문제를 해결하고 싶다면
당장 담판을 지으려고 하지 말고
먼저 상대의 기분을 풀어주라.

마음의 벽에 갇혀있으면서도 걸려 넘어지면서도
답답해하지 않고 아파하지 않는 일은
어쩌면 흔하다.

어떤 상황이라도 가장 우선시되어야 할 것은
바로 상대의 기분이다.

칭찬과 대접 없이 이상형을 유혹하기는 어렵다.

먼저 상대를 진정시키지 않고는
절대로 내 말이 받아들여지지 않는다.

마음을 여는 것보다 남의 마음을 열리게 하는 것이
훨씬 어렵다.

심지어 누군가는
기분 좋게 실수하고
기분 좋게 손해봐도
그걸로 분노하지 않는다.

잊지 마라.
기분이 풀리면 무엇이든 수월하다.

좋아한다면
버림받는 것을 두려워하지 않는다

한때는 사람이 필요에 의해서 만나는 것이
좋지만은 않다고 생각했다.
하지만
좋아하는 사람에게
아무런 도움도 되지 못하고
곁에 있는 건
견딜 수 없이 불편한 일이었다.

좋아하는 사람에게는
그 누구도 짐이 될 수 없다.

미워하는 것도 원망하는 것도
모두 사랑하지 않기 때문.

혼자산다 재미있다

초판 1쇄 발행 | 2013년 8월 1일
초판 2쇄 발행 | 2013년 10월 20일

지은이 | 김지연
펴낸이 | 공상숙
펴낸곳 | 마음세상

주 소 | 경기도 파주시 책향기로 337 306-401

신고번호 | 제406-2011-000024호
신고일자 | 2011년 3월 7일

일러스트 | 김지연

ISBN | 978-89-97585-83-0(03810)

전자우편 | maumsesang@naver.com(모든 문의는 메일로 받습니다)
홈페이지 | http://maumsesang.blog.me
까페 | http://cafe.naver.com/msesang